这样就很幸福了

これだけで、幸せ

[日] 小川糸——著
陈令娴——译

中信出版集团 | 北京

图书在版编目（CIP）数据

这样就很幸福了 /（日）小川糸著；陈令娴译．--
北京：中信出版社，2020.5 （2026.1重印）
ISBN 978-7-5217-1604-7

Ⅰ．①这… Ⅱ．①小… ②陈… Ⅲ．①散文集－日本
－现代 Ⅳ．① I313.65

中国版本图书馆 CIP 数据核字（2020）第 030897 号

插画：秋山 花
摄影：大坪尚人
企划 · 取材 · 组织：宫本惠理子

这样就很幸福了

著　者：[日] 小川糸
译　者：陈令娴
出版发行：中信出版集团股份有限公司
（北京市朝阳区东三环北路 27 号嘉铭中心　邮编　100020）
承 印 者：北京盛通印刷股份有限公司

开　本：880mm × 1230mm　1/32　　印　张：6　　字　数：95 千字
版　次：2020 年 5 月第 1 版　　印　次：2026 年 1 月第 6 次印刷
京权图字：01-2020-1470
书　号：ISBN 978-7-5217-1604-7
定　价：58.00 元

CONTENT

目录

第1章

这样就很幸福的 12 条对物准则

第2章

带给“五感”喜悦的7个秘诀

目录

CONTENT

第3章

简单丰富的蒙古、崇尚自由的柏林

第 4 章

只要有喜欢的“人、事、物”就够了

第1章

这样就很幸福的 12 条对物准则

不同于年轻的时候，现在的我会认真思考如何对物。想要活得更轻松、更贴近自我，就要根据自己的“对物准则”行动，而不是遵循他人的做法。时间流逝除了增长年岁，也让“自我”的轮廓变得更清晰。此章想跟大家聊聊，我是如何遇到这些生命中无可取代的“生活用品”。

chapter 1-1

挑选生活用品时，问自己『会一直喜欢这个东西吗？』

我挑选生活中使用的工具和用品的准则很明确——尽量选择“用得久”和“一直符合喜好”的东西。

例如挂在厨房水槽旁边墙上的两条布巾。

那是朋友送给我的手织棉布巾，质地很好非常耐用，布边也收得极美。吸水性强，不管是用来擦手还是擦盘子，触感都很棒。我先用了其中一条，发现实在太好用了，于是决定把它们当作我的“经典布巾”。

虽然，雪白的布巾，让人看了心情大好，但我却对这两条布巾很有味道的灰色一见钟情。不只好看，沾到酱油等不容易清洗的污渍也不显眼，这一点相当实用；还附有方便吊挂的扣眼，这也是我迷上它的原因之一。

两条布巾的颜色深浅不同，一条用来擦手，另一条用来擦碗盘。它们鞠躬尽瘁，每天都在厨房里陪伴我做家事。

找到喜欢的生活用品，收纳的位置和方法也要下功夫，才能用得顺手。我在墙上装了专门挂这两条布巾的挂钩，方便我站在水槽前伸手便能迅速取用和挂回去。以收纳抹布的位置来说，挂在墙上或许是显眼了些。但是我认为正因为是喜欢的东西，才更该放在触目可及的地方。棉布和白色的灰泥墙很搭，我非常喜欢

想长久使用的心爱之物，采用“看得见”的方式收纳，能让生活变得更有乐趣。

两者互相映衬的效果。顺带一提，挂在布巾旁的是我平时常戴的帽子。

越是常用的生活工具，越是想要讲究好不好用。这样的想法让我养成了只要稍微觉得不方便或者不顺手，便会开始寻找“有没有更好用的”的习惯。

寻寻觅觅，只要找到能让我说出“就是它！”的最终选择，就不需要不停地换。找到能够伴我一生的工具，会让之后的人生变得更轻松。

像这样我决定留在身边用一辈子的，除了布巾之外，还有其他几样我已经用了将近二十年的好东西。

其中之一就是铁壶。我在浅草的合羽桥工具街买到这把铁壶。用得越久，煮出来的热水味道越是温和甘甜。铁壶也很适合送人，有朋友结婚时，我总是会送铁壶作为贺礼。

铁壶不容易坏，同时蕴含“陪伴一生”的祝福心意。当它完成任务之后埋进土里，又会成为地球的一部分。

重新审视我挑选物品的条件，“看得到制造的师傅与其背后的传统”这一点非常重要。所谓的“对物”原则，也包含了与制造的人、文化的交流。

铁壶使用大约一年左右，
习惯热水之后便不易生锈。
铁壶里放了炭。

另一个不可或缺的条件是“坏了要能修”。生活物品用久了一定会坏。修理后持续使用，还能加深对物品的情感。

有时候，为了寻找合适的生活物品，我甚至不惜跨越国境。最近五年，每到夏季，我都会去柏林避暑，因此也在柏林找到可以用一辈子的刀叉。

我一直在寻找好切，又能搭配日常餐具的刀叉。当时，我一边用着造型美丽的意大利制刀叉，一边闷闷不乐地觉得，那副刀叉没有好到可以用一辈子。

为了寻找可以用一辈子的刀叉，我去过周末才有的跳蚤市场翻找古董刀子，在餐厅用餐时，也总不忘看看叉子上的商标刻印。虽然找到几个候补的选项，却总觉得应该会有更好的选择，最后终于在柏林一家老字号百货公司的展示柜里找到这组刀叉。

为了“切割”和“叉刺”功能而精心打造的刀叉形状，木柄材质手感极佳，柄上的图案简单高雅。我一拿起来便认定就是它了，心中洋溢着寻寻觅觅后终于找到的安心感与满足感。我好喜欢这一瞬间啊。

除了肉类料理与鱼类料理使用的尺寸之外，我还买了吃点心用的小尺寸刀叉。每一位来家里的客人，看到我端出水果或甜挞

Eichenlaub
ROSTFREI
SOLINGEN
GERMANY

费尽一番工夫才找到的刀叉，是位于德国索林根的 Eichenlaub 公司的商品，每一把刀叉都是师傅手工打造。

时附上刀叉，都非常惊讶:“用刀叉吃甜挞吗？”

实际使用之后发现，刀子不会弄碎挞皮而顺畅地切开甜挞，大家都异口同声地说:“这副刀叉真好用。”

这些用品陪伴着我直到今天，也会继续跟我一起度过今后的生活。像这样无可取代的人生伙伴，今后还会一样接着一样增加。

chapter 1-2

物欲受到刺激时，决定购买与否的标准是『拥有了会幸福吗？』

说到煮白饭的必备工具，你会先想到什么呢？ 如果有人问你这个问题，你又会怎么回答呢？

我的答案是“碾米机”“文化锅[1]”和“木制饭盆”。这就是我家煮饭的“三大工具”。

煮饭用的电子锅已经彻底普及到日本的各个角落，现在没有电子锅的家庭反而比较稀奇。只要去一趟家电商店，就能看到展示架上摆满了各种功能先进到叫人大吃一惊的华丽电子锅。但是，对我来说，电子锅并非必需品。

为什么这么说呢？因为我喜欢的煮饭方式，根本用不到电子锅。

我向认识了二十几年的农家订购糙米，要煮之前量好要吃的分量，放进家庭碾米机中。米有新鲜与否的问题，还是刚碾好的米最好吃。配合当天的菜色和心情，决定要碾五分还是三分。决定碾米程度也是一种乐趣。

刚碾好的米放进铜制的大碗里，一边享受指尖的米粒触感，

[1] 铝制的煮饭锅。——译者注

一边用冷水快速淘米。

接下来，轮到文化锅出场了。文化锅是认识很久的朋友土器典美小姐推荐我买的。构造虽然很简单，但是盖子能紧密合上，（想煮出美味白饭，这是关键！）大小也恰到好处。更重要的是，文化锅煮出来的饭真的很好吃。

在我每天的使用之下，文化锅的把手已经缺了一角，煮饭时不小心摸到便可能烫伤。由于只要使用时小心一点就没事，所以并不会特别觉得不方便，就这样持续用了十几年。现在文化锅已经是我家厨房的大姐大了。

煮好的饭焖好之后，便盛至木制饭盆里，借此排出刚煮好的饭粒中多余的水分，让米饭的滋味更加甘甜。

我使用的饭盆来自柴田庆信商店，它以天然秋田杉制造曲木便当盒而闻名。因为做寿司饭时也想用，所以订制了五杯米也放得下的大尺寸。

订购之后，等了两个月才到手的饭盆，令我心满意足。

柴田庆信商店的饭盆不用任何五金固定，表面非常平整，湿气不会闷在盆子里。每当我用饭匙把米饭从文化锅盛到饭盆时，热腾腾的蒸气往上蹿出，贪心地吸着刚煮好的米饭香气，真是人生至高无上的幸福时光之一。因为找到好用的饭盆，煮饭变得更加愉悦。

碾米机是我打从心底觉得“买到它，真是太好了！”的家电用品。如果家中只能留下一项家电用品，我应该会选碾米机吧！煮饭时用不到电子锅，却需要碾米机，很奇怪吧？

我想，在其他人眼里可能会觉得很奇怪，因为碾米机并不是一般人认为需要的东西。

说不定还有人会想：“大家都有电子锅，你却没有，不会觉得不安吗？”

但是，对我来说必要与否的“标准”，本来就不见得要跟其他人一样。我认为，自己的“购物标准”应该还是要自己决定！

这个世界上随时都有许多便利的新商品，有时候也会觉得自己赶不上时代的脚步。但是重新审视“我真的需要这项东西吗？”就会发现束缚了自己的，往往是偏见。我希望能更敏锐感受“自己真正想要什么”。

1

2

3

4

每次只碾要吃的分量，
不用担心米变得不新鲜，
煮饭前米粒无须泡水。
洗好米后放进文化锅，
倒入等量的水，开大火。

5

6

7

8

沸腾之后立刻转小火，
烹煮十五分钟。
饭煮好后稍微焖一下，
移至木制饭盆中，
好吃的米饭便大功告成。

chapter 1-3

除了『喜欢的、常常穿的衣服』，其他都处理掉

挑选衣食住的“衣”时，我的标准是穿起来舒服，轻柔不刺激肌肤。

衣服长时间穿在身上，直接接触肌肤，只要穿起来有一点不舒服就会影响身心。

所以我挑选衣服的标准是穿在身上如同另一层肌肤，感觉若有似无。光是套上舒适的衣服，就觉得心灵获得解放。

衣服穿起来舒不舒服取决于“材质”。

夏天适合吸水性佳，透气性强，带给肌肤凉爽触感的“麻”；冬天适合触感柔软又温暖的“羊绒衫”。配合季节，用材质挑选衣服，便能瞬间缩小选择范围，节省购物时间。

挑选材质不会刺激肌肤，穿起来舒适的衣服，自然会常常穿，也就不需要购买太多衣物。

我每一季需要的衣服不到十件。我总是提醒自己每买一件新衣服，就要处理掉不再穿着的衣物，手边尽量只保留穿起来舒适，会常常穿的衣服。留着不常穿的衣物，不过是浪费居住空间而已。

现在我挑选衣服时虽然材质至上，其实二十几岁时重视的也是颜色和图案等设计，当时拥有的衣服数量远比现在多得多。

我的衣物几乎都不太有束缚感。
不需要费心上下如何搭配的一
件式洋装越来越多。

但是，有一天突然发现自己虽然穿着时下流行的衣服，却丝毫不觉得舒服。

究竟要怎么挑选穿起来舒适的衣服呢？

思考后发现，我非常怕热，所以最重要的条件是“夏天时觉得凉爽”。自从我开始积极挑选麻质的衣物后，夏天就变得舒服多了。因此我决定夏天的衣服就买麻做的。

第二个重要条件是“轻盈”。

我这个人只要感觉到穿在身上的衣服或手上拿的行李很重，心情就会变得低落。特别不喜欢冬天穿很多时，肩膀和手臂沉重的感觉。于是开始寻找冬天时穿起来又轻又暖的材质，最后找到的是羊绒。

羊绒虽然价格昂贵，但却柔韧耐用，长期使用反而省钱。

有一次，我曾经在车水马龙的街道上，弄丢了心爱的羊绒围巾。找到时已经过了半天，围巾上满是路人踩过的痕迹，脏兮兮皱巴巴的模样叫人心疼。然而小心地清洗之后，它就恢复了原本柔软的触感，那次经验让我深深感受到羊绒真的是非常耐用。

如果是耐用的材质，衣服不穿之后还能送人。与其买十件普

通的羊毛毛衣，还不如买一件羊绒的毛衣。我觉得，羊绒就是这么有价值。

除了配合季节，挑选适合的材质，我甚至连品牌也固定只买一家，那就是设计师皆川明的“minä perhonen”，我已经买好几年了。

“minä perhonen”的衣物不仅印花可爱，全以手工精心制作这一点也深深吸引了我。再加上使用的材质，大多是我想积极购买的麻质和羊绒，因此对我很有吸引力。

每个人喜欢的品牌不尽相同，从许多品牌当中选出自己喜欢的单品，当然很有乐趣。但是对我来说，用材质和品牌来缩小选择范围，买起来比较轻松。

因为相信“对我而言，这么做一定不会出错”，购物时便不会再东想西想。决定自己的标准很重要，而决定标准的第一步，是了解自己真正的需求。

由于棉被和衣物一样会直接碰触肌肤，所以挑选棉被时也有属于我自己的坚持。

夏天盖的是棉麻混纺的棉被，天气开始变凉就拿出羊绒的薄

本来是为了挂画，才在墙上装的挂钩，不知从什么时候开始，变成挂棉被专用。白天把棉被挂起来，湿气就不会闷在被子里，晚上睡觉时很舒服。

毛毯，真正变冷时则是把夏天的棉被和羊绒毛毯叠在一起盖。自从改用这个方法，我不再受到冷热和棉被太重影响，可以睡得非常香甜。

挂钩是小川家的必备家饰。从手工打造的朴素挂钩到可以当作墙上装饰重点的挂钩，都是我花时间寻觅得来的战利品。照片中的鹿头挂钩，我平常都用来挂帽子。

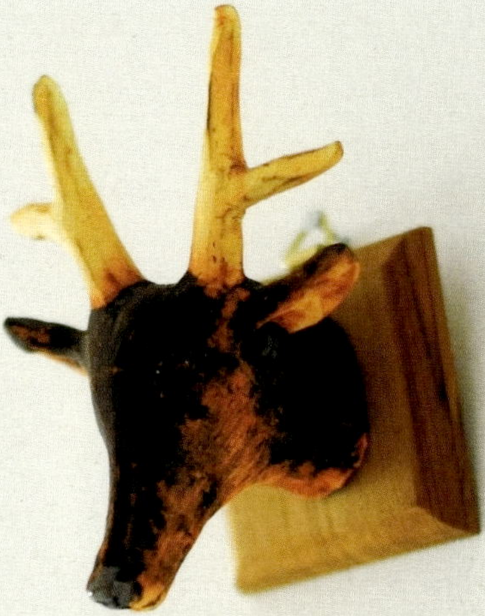

chapter 1-4

想用心生活，所以选用『能让自己变轻松的帮手』

“我本来以为小川女士是恬淡寡欲的自然生活主义者，其实不是啊！”

没错，我是个只求轻松度日的效率主义者。

吃完饭和喝完酒，餐具就交给洗碗机。虽然我很喜欢煮饭，对于收拾餐具却怎么也提不起劲。

平常负责清理地板的是扫地机器人。出门前按下开关，说声“就拜托你了”，让扫地机器人趁我不在家的期间打扫。扫地机器人还带来另一项出乎意料的效果——改掉我在地板上放东西的习惯，家里因而变得整齐。

如果有时间，可以每天用扫把扫地或用抹布擦地，当然再好不过，但是生活毕竟是现实的，难以如愿。

要是因为家里没打扫干净，而引发夫妻吵架，或是在与家人共度的时光中心浮气躁，那就划不来了。

另一方面，由于我在家里工作，一旦开始动手做家事就会没完没了，必须确实空出可以专心写作的时间。

把不拿手的家事交给机器，空出来的时间用来写作、喝杯茶放松心情或是做其他想多花心思的事，生活才能过得更加惬意和从容。

茶具组合事先依“日本茶用”或“红茶用”分别放好，便能节省泡茶的时间。

chapter 1-5

爱自己的人，不会随便增加家中物品

要用东西，就要对东西负起责任。这么说好像有点太夸张，但是我真的是抱持这样的觉悟，时时提醒自己。

平常不太用到的东西，和买了也不太会用的东西，尽量不要带进家里。

一旦决定带进家里的东西，则要想办法用得长长久久。想要长久使用，就必须挑选自己会“想珍惜”的，或是有自信“能珍惜”的东西。

对我而言，好吃的米饭很重要。想要一直都能吃到好吃的米饭，就得找到能长期供应的米。在二十多年前，我就直接跟山形县的农家签约，每年订下需要的公斤数。

签约之前，我会亲自造访农家，考察对方是否施用农药，以稻鸭共生的方式耕种，然后才能从心底认定“我想要一直吃这户农家种的米”。加入农民年度贩卖计划之后，就必须负起购买一定数量的责任。订购之后不想浪费，煮饭时自然会多下功夫。

品尝各式各样的米，或许也很有趣，但是决定好自己家固定要吃的米，更让我安心。

因为耕种时不用农药，碾完米后的副产品“米糠”也能拿来用。使用新鲜的米糠制作米糠渍菜，已经成为我家日常生活的一部分。

碾完米后的副产品米糠，也绝不浪费，用来制作渍菜。必须出远门时，我会在上面铺满盐[1]。

左页的照片就是我亲手做的米糠渍菜。然而，米糠渍菜虽然好吃，我却不建议每个人都一定要自己动手做。

适不适合做米糠渍菜，要看生活方式与个性。我有位朋友挑战了五次都失败，觉得很丢脸。我告诉他："这不是你水平低，而是不适合，没有必要勉强自己。"

勉强自己做不适合的事又一直失败，不仅伤心，浪费掉的材料也很可惜。

我也有不拿手的事情，例如园艺。读了我的作品，有很多人都以为我家种了非常多的花草，充满绿意。但是，我家阳台连一个花盆都没有。我不但不擅长园艺，又常常因为旅行而长时间不在家。把花草带进家里，只会害它们枯萎，于是我决定"不要莳花植草"。

想要感受当季的色彩时，我会在玄关附近的墙上挂上一两枝鲜花。偶尔收到花束时，也会把它们简单地装饰在家中一隅。对

[1] 米糠渍菜会不断发酵，必须定期搅拌。在米糠表面撒盐，可以减缓酵母繁殖。——译者注

三个月大的百合根，
是我们家的新成员。

我而言，这种和花草相处的方式刚刚好。

提到负起责任接纳什么事物，我们家这一阵子做的最大决定应该就是“养狗”了。

长年以来我们过的是夫妇两人的生活，花了将近一年的时间，才终于鼓起勇气，决心迎接新的家庭成员。因为是活生生的小动物，所以我们更加慎重。

在下定决心之前，我们通过试养，实际体验和狗一起生活。

住家附近有位熟识的针灸师，知道我们想养狗后说，“不一起生活看看，很难想象”，因此主动表示愿意把他家的“可洛”每星期借给我们一次。现在想想他居然愿意把宝贝的爱犬借给我们，人真是太好了。我们也就厚着脸皮，接受了对方的好意。

积累了几次试养的经验之后，我们了解了养狗后生活形态会出现哪些改变，该怎么喂食、睡觉、需要注意的事项与必要的物品等等。原本非常紧张害怕的我们，慢慢开始觉得自己做得到了。

于是我们在一年前的秋天迎接了雌性的比熊犬幼犬，给它取名为“百合根”。现在我们已经非常习惯两个人加一只狗的生活了。

“试养”这个方法，让第一次养狗的人也能从容迎接新的家庭成员。我觉得很有帮助，也会建议身边的人试试看。

原本跟毛绒玩偶差不多大的百合根，现在越来越勇敢强壮了。右页上图为附近邻居养的猪，每次带百合根去散步时都会去看它。

chapter 1-6

决心做个『一锅在手，天下无敌』的人

我有一个铝制的雪平锅[1]。

虽然是偶然在店里看到便买下来的锅，但是锅嘴够宽，锅柄好握，我已经用了好几年。从快炒、炖煮到煮碗味噌汤，几乎所有的料理都可以只用这口锅就完成。临时要拿来油炸或煮白米饭，也没问题。

自从在蒙古体验过游牧民族的生活后，我越来越期许自己能做个“一锅在手，天下无敌”的人。

明明都叫“锅”，去到超市或是专卖店的锅具区，就可以发现货架上陈列了各种锅，让人看得目不暇接。在报纸上也常常可以看到“×× 专用锅，超方便！”的广告，知名的料理研究家监制的锅具在电视购物台总是卖得非常好。

收集各种用途不同的锅，的确是一种乐趣，但是我更敬佩的是，只用一口锅便能做出许多料理，深谙活用的智能与功夫的高手。而且，锅少一点还能节省收纳空间，毕竟锅也是很占空间的。

[1] 日本家庭常用的单柄锅，边缘通常有方便倒出食材或汤汁的锅嘴。——译者注

家常料理的调味大概都靠这六瓶，从右到左分别是味噌、本味淋、高汤酱油、酱油、酒和醋。想增添柑橘风味时，会额外加入香橙汁。我的高汤材料如柴鱼片、昆布等，都是特地去筑地市场购买的。

调味料也是一样。每次去超市，在占地极广的调味料区，总是看得眼花缭乱、啧啧称奇。架子上排满了各式各样以菜色命名的酱料，例如“×× 口味综合炒面用酱料”和“味噌炒 ×× 与 ×× 的专用酱汁”。

一方面是我本来就不擅使用现成的酱料，另一方面，如果要为每一道菜添购专用的调味料，冰箱一下子就满了。而且通常还来不及用完就过期了，实在很浪费。

希望尽可能不要增加家中物品的我，便尽量活用手头的基本调味料，着重简单的调味。我家的必备调味料一共有六种：

· 醋：村山制醋的“千鸟醋”，酸味温和有层次。

· 酒：泽田酒造的“纯米料理酒”。

· 酱油（浓口）：由鸟居酱油店的鸟居正子女士酿造的“杉桶天然酱油”，继承能登半岛的传统做法制成。

· 高汤酱油：以鸟居正子女士酿造的淡口酱油为基底，加入味淋、柴鱼片、昆布、香菇、砂糖和盐调制而成，适合搭配所有料理。

· 味淋：白扇酒造的“三年熟成本味淋”。

· 味噌：赤家商店的“若宫味噌”，是完全不添加多余材料的

今年随意用醋、盐、砂糖和酱油调配而成的酱汁来腌蕗荞，结果出乎意料的美味。

曲味噌。

除此之外，制作高汤用的柴鱼片、昆布以及香菇，也是我家不可或缺的食材。例如先用柴鱼片与昆布制作和风高汤，再以 5:1 的比例稀释乌居酱油店的高汤酱油，就是美味的热乌龙面酱汁[1]。找到适合自己的调味料，便能做出“一定好吃”的料理，做菜时不会再手忙脚乱。

调味料天天都会派上用场，所以我会购买经济实惠的一升瓶[2]包装，再自行分装到方便取用的容器里，绝不会让调味料见底。“靠调味总是有办法的”——把调味料变成做菜时随侍在侧的好帮手，所以我今天也能勇敢地站在厨房挥动锅铲。

[1] 一般乌龙面煮好后会冰镇以增加弹性，热乌龙面指的是不经冰镇处理的乌龙面。——译者注

[2] 日本专门用来装液体的玻璃瓶，约一・八公升。——译者注

chapter 1-7

收纳的原则是『保留大量空间』

把水倒进杯子里，如果只倒一点点，之后继续倒，水不会溢出来。然而如果一开始就倒满，之后再倒，水就会溢出来了。

同样的道理，也能套用在我们的住家和生活上——不是一味地填塞，而应该保留可接受新事物的空间。

因此我家的架子总是有些空空荡荡，没什么东西，架子上大概只放了五到七成的东西。

我一直以为，架子这么空是理所当然的，没想到朋友来我家，都很吃惊地说："小川小姐的餐具柜好空啊！"我才发现"原来我家东西真的很少"。

坊间讲的"收纳高手"，指的好像是那种连狭小的缝隙都不放过，所有空间都要填满东西的人。但是对我来说，"保留大量空间"的架子才好用。

餐具不要堆太高，才方便拿出收纳在后方的盘子；架上还保有空间，遇到喜欢的新餐具，才能带回家。收纳空间不够，结果就是得把用品放在醒目的地方，或是不属于它的突兀之处。

收纳就是在为随时可能增加的新事物保留空间。随时注意这个原则，家里就不会乱七八糟，满是杂物。日本的房子空间通常都很狭小，想要保留空间需要诀窍。首先要注意的，就是不要太

减少家中物品的秘诀在于保留容纳新用品的空间。

轻易地就把东西带回家。

跟国外相比，日本的街道处处充满了“走着走着就想购物”的陷阱。新商品的广告和热闹的促销活动，不断从眼睛和耳朵涌入。因此，我时时提醒自己不能冲动购物，非常注意不可以只凭当下的心情就决定购物。

最危险的，则是半夜的网络购物。大脑疲倦时，最容易受到诱惑，很难克制购物的冲动，所以我会刻意避开在半夜逛购物网站。但是我的努力却常功亏一篑，因为丈夫总是轻易地买下一看就知道用不久的商品，惹我生气……

除了尽量不买，真的要买时我会刻意选购能像俄罗斯套娃一样收纳的物品，帮助我保留大量空间。

例如，调理盆之类的用品，根据用途需要大中小等不同的尺寸，购买时我会选择同一款式不同的大小，这样就能把小盆收纳在中盆中，再把中盆收纳在大盆中，节省空间。所以看上喜欢的餐具时，我总是一并购入不同的尺寸，以便叠放收纳。

在我孜孜不倦的努力下，厨房水槽四周和流理台，方能保持空无一物的清爽状态。

正因为每天都会站在厨房做家事，所以一定要好好整顿空间，每次站到厨房才会觉得身心舒畅。

饭碗、珐琅锅、竹筛和薄玻璃杯等，都选用同款不同尺寸，以便像俄罗斯套娃一样地叠放收纳。

chapter 1-8

为了过得舒适，必须对生活中的『不便』与『不快』很敏感

油炸食物时，吱吱作响的声音，总是让人忍不住食指大动。常在我家餐桌登场的天妇罗和炸蔬菜，正是我和丈夫的最爱，也因此长久以来，我都因为处理炸油很麻烦，而感到十分苦恼。

我曾经试着用储油罐保存还能重复使用的油，然而从锅里把油倒进储油罐时，总是会不小心溅出来，即使只有一点点，也会弄得油罐表面黏黏腻腻的，让我一直都很困扰，便执着于找出这个问题的解方。

为了追求舒适的生活，必须对生活中的“不便”与“不快”很敏锐。日常使用的生活用品，只要稍微感觉到“不太好用”或是有一点不喜欢时，我都会格外注意。

我不喜欢因为“这东西就是这样啊”就妥协，勉强自己不断忍耐这些微小的烦躁，而会彻底找出最佳解决方案。

炸油的问题，几年前我终于找到解决方案。

那就是“放弃储油罐”。灵感来自一只附盖铁锅。当初我买下这只铁锅是为了煮饭，但是它煮起饭来的效果，就是比不上文化锅。

看着一时派不上用场的铁锅，我突然灵机一动——铁锅的材质不但耐得住油炸的高温，深度和大小也都刚刚好，不就最适合

多亏这个好用的铁锅，出门吃到美味的天妇罗后，回家都会想试着做做看。

用来炸东西吗？

“而且炸完之后，说不定还能连锅带油收起来？”

炸完东西后，等到温度冷却下来，便盖上锅盖整锅收起来。不再因为油倒来倒去而弄脏台面，更不需要为了保养铁锅而另外上油，真是个一举两得的好方法。锅里的油，炸过几次蔬菜天妇罗后，拿来炸肉，最后再用不穿的棉衣物，把废油吸光后直接丢弃。自从解决了这个油炸料理的唯一困扰之后，就可以轻轻松松地想炸什么就炸什么，端上餐桌的菜色也变多了。

只要坚持“轻松”的原则，就会对压力变得很敏锐，我相信这就是提升生活质量很重要的关键。

最近我家升级了取用热平底锅或铁壶时必备的隔热手套。以前我都是用外表朴素的实用型手套。大街小巷卖的隔热手套尽管外表可爱，最重要的“隔热”功能却常常不太理想。

我终于遇到了可爱的隔热手套。其实它原本只是一双普通的毛线手套，被我拿来当作厨房的隔热手套。外观是我喜欢的模样，双重结构能确实阻断热度，避免双手烫伤，非常好用。

底色朴素、图案鲜艳的可爱手套，是拉脱维亚的传统工艺品。我因为绘本工作的关系，认识了这个位于海边，隶属波罗的

波罗的海三小国之一的拉脱维亚，冷的时候气温会下降到零下二十摄氏度。想必当地的人们都是靠这种手套在抵御寒风吧！

海三小国的森林之国。戴上来自拉脱维亚的手套，拿起铁壶倒热水，脑海中同时浮现起这个遥远国度的美丽风景。像这样的一瞬间，让我感到心灵十分充实。

chapter 1-9

想与可提升人生质量的美好事物相遇，需要时间

“啊，这才是我真正想要的。”这时候，终于感受到了放下心中大石的安心和幸福。

这里讲的“这时候”，指的是好不容易选定我家常备味噌的那一刻。我家的必备调味料中，迟迟无法决定的就是味噌。

这二十多年来，我品尝过大受好评的味噌，也去过地方特产卖场寻找，尝试过各式各样的味噌。

我曾在位于下高井户的味噌专卖店，找到过许多美味的味噌。但是那家店结束营业之后，我就失去依靠了。

然而命运的相遇往往出现在意想不到的地方。二〇一四年，我在法国旅行时，和在巴黎当厨师的日本友人聚餐，对方推荐我一款很美味的味噌，也就是我前面介绍过的福冈县若宫市赤家商店制造的“若宫味噌”。

包装背面标示的原料表很简单，只有“米、大豆、食盐”，使用了比大豆还要多的曲，是传统的“曲味噌”。

如果只能用一句话形容若宫味噌的魅力，那就是“吃上一辈子也不会腻的味道”。

每天喝下若宫味噌煮出来的味噌汤，还是觉得非常美味。找到“吃上一辈子也不会腻的味道”，或许是最困难、也最奢侈的

正因为价格并不昂贵，找到这种天天都能享用的好的味道，更是觉得奢侈。

一件事。

享受一入口便能让味蕾大吃一惊的新奇味道，虽然也很好，但我所追求的，却是每次品尝时都能觉得“太好吃了”的普通滋味。

除此之外，我还想好好享受“花时间寻找”的乐趣。

在现在这个信息爆炸的时代，一下子就能收集到名人推荐商品或号称梦幻逸品的东西。

心动的那一瞬间，只要上网搜寻，按下购买按钮就买好了。快的话，甚至当天就能收到。

然而我对此感到非常疑惑，缩短入手的时间，真的那么重要吗？

亲自到某个地方去，亲眼看见，亲手接触，实际使用看看。众里寻她千百度，最后终于找到理想之物时的成就感，难以言喻。

我也有过好几次花大钱买教训的经验，然而，所有失败都是为了遇见更完美的事物，回想起来甚至还会觉得当时傻得可爱。

由于是花了时间寻寻觅觅方才入手的宝物，一旦找到了，便不想放手。

自从遇上若宫味噌后，我就更喜欢味噌汤了。
挑选味噌的条件是吃久了也不会腻的香气。

我向贩卖若宫味噌的店家购入“曲”。倒入水中加热数次（不要煮到沸腾），便是极佳的日本甘酒，最适合身体有些疲倦时饮用。

身边费尽千辛万苦才找来的宝物越来越多，也是年龄增长之后才能体验到的喜悦之一。

当然，有些宝物得等年纪大了才能拥有。

我自己的例子是在“艺廊游形”买下的书桌。京都俵屋旅馆中使用的家具全都是艺廊游形的作品。

由于我的工作就是写小说，因此对于写作时使用的书桌，非常讲究。

虽然非常喜欢在俵屋旅馆看到的书桌，但是价格不菲，实在无法轻易出手。花了很久的时间才下定决心，憧憬了许久，等到自己真的称得上是成熟的大人之后，才终于买下这张书桌。

随着年龄增长，手边喜欢的宝物越来越多，实在是件非常美好的事。我之所以总是正向地面对老去这件事，或许就是因为发现了这种喜悦也说不定。

造型虽然简单，桌面却设计有可收纳文具的机关，种种细节使人更加喜欢这张桌子。配合桌子，在墙上钉了可放资料的架子。

chapter 1-10

珍爱之物送给珍爱之人，物品也会觉得幸福

我现在虽然不再轻易购物了，二十几岁时却每天都生活在一堆杂物中。

当时的我，随心所欲，看到杂志上介绍的热门商品便毫不犹豫地带回家。家里的东西少说是现在的两倍，甚至三倍以上。

价值观改变，大概是年长的好朋友越来越多的缘故吧！人生经验丰富的前辈们跟我分享了好东西用得久的乐趣，看到他们的亲身示范，我也开始效法他们。

但是扔东西是需要体力的。再加上丈夫从事音乐相关工作，常有客人来访，因此家里有很多成套的餐具和椅子。

减少家中之物的契机是"搬家"。六年前搬来现在住的公寓时，趁机处理掉非常多已经不再用的东西，和其实没那么喜欢的东西。从总量来看，大约扔了家中一半的东西。

我一边整理，一边反省:"以后买东西一定要精挑细选。"

打包行李时，明明觉得已经扔了很多餐具，然而搬家后在等新家的餐具柜做好的那几天才发现，每次用餐时从纸箱里拿出来的餐具，总是那几样。可见真正需要的其实不多，于是我又开始整理餐具。

尽管已经清理了不少物品，人的好恶与使用习惯时时在改变。即使现在购物时精挑细选，不再轻易带东西回家，还是得经常清理家中的物品。

这些物品的去向就是“送人”——我通常会把一段时间内不用的物品送给朋友。

譬如，我会把一整年都没穿过的衣物，送给我认为很会穿搭的朋友。虽然拿去二手衣店卖掉，也是一种解决方式，但我还是比较希望能送给自己认识的有缘人。

正因为是我曾经很珍惜的宝物，所以希望能送给也会很珍惜它们的人。前一阵子，我把收藏了十年以上，图案极美的色留袖和黑留袖[1]送给国外友人，对方非常高兴。看到对方如此开心，我也很开心，相信送出去的和服也一定很开心。

我丝毫不觉得把东西送人“很可惜”。比起让它们沉睡在柜子深处，送给比我更能爱惜它们的人，反而安心。

通过转手赠送，加深与对方的关系，也是美事一桩。同时也是与许久不见的朋友相聚的契机之一。

面对决定放手的物品，思考“收到这个东西，谁会最高兴呢？”也是一种乐趣。

---

[1] 色留袖和黑留袖都是正式场合穿着的和服，两者特色都是只有衣摆处有图案，上半身为素色。底色为黑者称为黑留袖，底色为其他颜色者称为色留袖。黑留袖仅已婚人士可穿，色留袖则不分已婚未婚。——译者注

正在寻找好人家的鸟形吊饰。

chapter 1-11

『鉴赏力』可让用不到的生活用品重获新生

多数的生活用品都有固定的用途，例如咖啡壶是用来装刚泡好的咖啡，花瓶是用来插花的。

但是我喜欢、也好像比一般人还擅长，发掘生活用品的新用途。

日本茶道宗师千利休把渔夫捕鱼时套在腰上、用来装鱼的笼子和没什么特色的竹筒当作花瓶，为平凡的生活用品带来新气象。我经常想着要学习千利休的“鉴赏力”。

逛街时找到吸引我的东西，或是整理家中不需要的生活用品时，光是思考“该怎么好好运用呢？”就能让我雀跃不已。一旦想到适合的新用途时，甚至还会忍不住有些得意。

之前提过的油炸用铁锅便是一例。另一个我非常喜欢，每天都会用到的就是我家的手冲咖啡壶。那是一个高度约十五厘米的玻璃制品，壶身由底部朝壶口往上越来越宽，印象中它原本应该是个红酒壶。

一开始我会照它原本的用途，把它拿来装红酒，有时候拿来插花，有一天突然发现，它的壶口跟手冲咖啡的法兰绒滤架尺寸刚好一样。

那时候，我正在找好用的咖啡壶，因此便决定把这个红酒

每当有人问起“这是在哪里买的？”时，我总是有些得意。发挥鉴赏力，把生活用品变得独一无二，让人想要一直用下去。

壶当咖啡壶用。壶身上相隔数厘米刻印的线条，原本只是造型设计，刚好可以当成测量水量的刻度线，非常实用。

像这样突破原本的框架，自由想象物品的不同使用方式，总是让我非常开心，好像能让脑袋变得更加灵活，甚至会影响生活方式。因为我相信摆脱刻板的观念，从零开始思考能满足自己的用途，可培养出在任何地方都可以生存下去的能力。

发挥鉴赏力的例子，还有好几个。譬如，与我的经典布巾一起挂在厨房墙边的篮子（请见第 5 页照片与 79 页上方的照片），它原本是个手提包，现在我用来收纳餐垫。当初因为喜欢它的质感而购入，后来发现当手提包用时，它的深度太窄了，不太好用。因此我切下其中一边的把手，改用来收纳餐垫，大小刚刚好，而且轻巧好收又好拿，于是我更喜欢它了。

环视家中，还可以找到好几个因为“鉴赏力”而重获新生的生活用品。例如原本热日本酒的酒壶，现在用来放小汤匙；用来收纳炒菜和吃饭用的筷子的筷桶，原本好像是水壶（请见第 78、79 页照片）；我家的伞架本来是大型红酒冰桶。

东西要用，才有意义，所以我总会不断思考“最佳使用方

式”。如果能用在对的地方，我想，物品们也会很高兴吧？

思考自己的独创用法并实践于生活中，已经成为我日常的小小乐趣。

虽然不见得是所有东西都不照原本的用途使用，通过鉴赏力赋予用品新的功能，便能享受出乎意料的惊喜。

chapter 1-12

维修之后，用到最后一刻的幸福用物术

喜欢之物，就希望能长长久久一直用下去。

因此东西坏了，我总是会尽量修理，好继续使用。购入之前也一定会确认“要是坏了能否修理”。

这是个什么东西都能便宜买到的时代，“坏了就马上丢掉，赶快买个新的来取代就好”的想法，似乎才是现在的主流。

但是我不是很想这么做，我认为，常常汰旧换新的生活，最是贫瘠。

一位三十几岁的朋友说：“家里的东西堆积如山，最近才发现真正想珍惜一辈子的，其实没几样。”

原本，人们就是为了让生活更加丰富，而使用各式各样的物品。我自己也是过了三十岁，才开始想要和物品长久相处下去。

其实，维修很花钱，有时候甚至会超越物品本身的金额。单纯从价格来看，自然是汰旧换新比较划算。但是我所珍惜的是，我和物品一起度过的“时光”。

无论是裂开、破洞或是不再运转，我都会接受损坏的事实，送修之后耐心等待，然后把它接回家，继续一起生活。这个使用与反复维修的历史过程，让生活用品从单纯的“物品”晋升为“伙伴”，成为陪伴你走到人生尽头的独特存在。

袖口缝补过的针织衫和旅行时穿的勃肯鞋，都已经送修过好几次，之后也会持续维修、长久使用。这种用物习惯，会让一个人变得更成熟。

例如，陪我一起散步的勃肯鞋，正是如此。这双鞋来自惜物的德国，蕴含当地的文化与工艺技术。

我非常喜欢勃肯鞋越穿越合脚的感觉。现在脚下的这双，已经送修过好几次，持续穿了将近十年。穿得越久，越觉得鞋子服帖，我觉得这是一双可以花时间让它成为身体的一部分的好鞋。

衣物也可以通过修补来延续生命。我有一件心爱的“minä perhonen”针织外套，又轻又薄，触感非常舒适，每到夏季几乎天天都会穿着它，终于有一天袖口部位裂了一个洞。我毫不犹豫，马上送修。等了三个月之后，终于修好最近才回到家。

“欢迎回家，今后还请多多关照。”

迎接心爱的衣服回家，手臂再次穿过袖子的那一瞬间，真的好幸福。

餐具也一样。对于家中我最喜欢的餐具，就要用比较特别的方法修理。

我在京都的古董店看到这个大小约莫双手可捧起的盘子，便对它一见钟情。听说是韩国李朝时代的古董。由于盘缘已经有了缺口，所以只要两千日元。

我买回家之后，马上拜托金缮的职人把破损的部分修补起

金缮后的古老器皿。我的习惯是不添购日常生活中用不到的东西，珍爱之物修缮过后，更加喜欢，更加珍惜。

来。虽然花时间又花钱，但是回到家的餐具散发着高贵不凡的气息，看了令我不禁挺直背脊，正襟危坐。因为这只餐具，我再次感受到自己继承了悠长的历史，必须负起传承给下一代的重大责任。

我和“物品”一对一的关系交织出独一无二、无可取代的故事，所以越发珍爱它们。这样说虽然很奇怪，不过我几乎是从购买的当下，就开始期待什么时候送修了。

四十岁之后，生活变得比以前都还要愉快，原因就是随着年龄增长，长年的“爱用品”也增加了。它们应该都会和我继续走下去，陪伴我度过余生吧！

活得越久，越是明白自己不需要什么，取而代之的是爱用品逐渐增加。今后我也想继续珍惜这样的生活态度。

第2章

带给“五感”喜悦的7个秘诀

从光线、声音到肌肤的触感……日常生活中，我很讲究环境能否让“五感”愉悦。单纯地重视自己的感受，在衣食住各方面，也更注重自己的喜好。爱惜自己，重视感性，感受舒适，身心状况自然随之改善。

chapter 2-1

养成帮自己重新启动的习惯——天天上澡堂

我平日的生活作息大致上都差不多：拂晓时分起床，烧开水泡茶，接着就跟日本俗语说的一样——在早餐前[1]写小说，整个上午都在工作。

工作告一段落后，享用负责准备早餐的丈夫煮好的面后（几乎每天都是面），进入下午的时段。下午我通常会悠闲地看看书、出门买买东西、煮煮饭、收拾屋子或保养各式用品。

等到太阳逐渐西沉，便带着心爱的手巾到澡堂去。“上澡堂”对我而言，是很重要的时间，能让我重新启动。

写小说，是很花力气和精神的工作，必须花上好几个月，甚至是好几年的时间，孜孜不倦，才能完成一部作品。

写小说的同时，生活中的大小琐事也不断在脑中盘旋，“一天一次，在固定的时间上澡堂”的习惯，着实拯救了我。听起来虽然有点夸张，但是对我而言，去澡堂就像跳绳一样，是从今天跳向明天的仪式。

我每天去的澡堂，距离我家步行约三十分钟左右，是一家

[1] “早餐前”原本指的是吃早餐之前的时间，后来引申为“短时间内即能完成”的简单工作之意。——译者注

京都俵屋旅館

长度足以用来擦干身体的“长手帕”，这是品牌“sou・sou”采用伊势棉制作的“Kubimaki 系列”。另外，我很喜欢俵屋旅馆的肥皂，会固定放一块在澡堂。

很普通的复合式澡堂，设有露天浴池。当我走进露天浴池，沉浸在室外舒适的空气中泡澡时，呼吸会变得深沉，心灵随之获得解放。抬起头来，眼前是傍晚开始出现星星的夜空。泡澡的同时，也是欣赏美丽风景的宝贵时间。

最重要的是，泡在大浴池里，实在很舒畅！

任何人进到澡堂都得赤身裸体，我也脱下“小川糸”这件衣服，回归最原始的自己，并且感到“今天在此画下句点”。

单程步行三十分钟，正是恰到好处的距离。装满思绪的脑袋在步行中逐渐清晰，有时还会激发小说的灵感。

除非下大雨或刮台风，否则我一定天天都会去澡堂。偶尔也会觉得很麻烦，去了却又觉得“还好今天来了”！心情在不知不觉中变得积极向前，实在不可思议。我深深感到“习惯”有着消除心中郁闷的力量。

像我一样能每天傍晚去澡堂泡澡的人，想必不多，不过，也并非一定要上澡堂，例如起床后马上喝一杯喜欢的茶，或是睡前做五分钟的伸展操，也是很好的习惯。只要在固定时间养成做某件事的习惯，就能体会心灵重新启动的感觉。

向今天告别，打开通往明天的门。为了时时保持清新的心情，我今天也会去澡堂。

chapter 2-2

从衣物到餐具，最注重的就是轻盈

如果追求的是舒适感，就会很在意重量。我在挑选物品时，最注重的就是“轻盈”与否。身体没有负担，心灵自然也能变得轻盈。我十分憧憬游牧民族无论何时何地都能过日子的生活状态，于是挑选生活用品时便把“轻便”视为优先条件。

如前所述，我的衣物都以麻质或羊绒为主，我非常迷恋这两种素材如同第二层肌肤般的轻盈触感。

等我注意到时才发现，每天端来端去好几次的餐具，多半是轻巧的木头材质。在器皿琳琅满目的艺廊购物时，我一定会亲手拿起来确认重量。

虽然一开始，我是因为陶器或玻璃器皿很容易打破，而选择木质餐具，但是用过之后就再也离不开那种轻盈的感觉了。

拿起来沉甸甸的东西，总会让我联想到“停滞”或“无法动弹”，因而敬而远之。

我平常也会极力减轻随身物品的重量。出门到离家不远之处时，肩膀上只会背一个小包包，里面放着手帕、卫生纸、护唇膏、零钱包和一只小巧的表。

双手满是行李，会因为重量而顿失悠闲散步的兴致。轻装便行，才能从容欣赏四周的景致，看到可爱的野花才有手去摘花。

木质餐具表面通常有涂层，因此不太容易损伤；即使有了痕迹，看起来也很有味道，是木质餐具才有的特色。

轻便的物品还有容易搬运的好处。如果突然必须搬家，行李轻便才能轻松快速地打包搬走，长期旅行时也方便把喜欢的东西带在身上。“轻便生活”是我生活的主题。

左：随身的小包包里只放手帕、卫生纸、钱包、手表和护唇膏。
右：散步时遇到英式花园的义工，获赠一把鲜花。

chapter 2-3

为了解决冰箱噪声而展开的舒适生活改造计划

两年前左右，我重新装潢了房子。不是因为我不喜欢原本的格局，或是房间不够用了，而是因为冰箱的噪声让我非常困扰。

冰箱发出的轻微低沉的嗡嗡声，非常扰人，尤其是写作时，更是让我难以集中精神。我曾经试过拔掉插头、打开窗户等各种方法，最后发现一定要打从根本解决这个问题。

虽然我很憧憬不需要冰箱的生活，却无法马上效仿。最后选定的解决方法是“把冰箱关起来”——在厨房里隔出一个冰箱专用的空间，并装上可以阻隔马达噪声的门扇。

尽管从冰箱中拿出食材时，得多开关一扇门，但跟噪声带来的烦躁相比，这点麻烦根本不算什么。

回想起来，当初决定住在这里，也是为了追求安静的环境，刻意选择离车站有点距离的房子。

由于声音会自然传入耳朵，思绪与情绪因而在不知不觉中受到影响。自从发现自己对声音特别敏锐之后，我便格外注意生活中的各种声音。

例如我虽然喜欢在用餐时听音乐，工作时却不会放音乐，因为无法一心二用。希望可以在悠闲的心情下享受悠扬的乐声。

自从重新装潢厨房，解决噪声问题后，我家的居住环境大幅改善，变成既能集中精神工作，又能放松休息的舒适空间。

把冰箱搬到储藏室（照片右侧）
之后，厨房变得更清爽。

chapter 2-4

减少室内灯具，日出而作，日落而息

决定要盖个冰箱专用的储藏室之后，便打算趁机改造家里的其他房间。从许多点子中选出来的方案，就是减少卧室天花板的灯具。

因为到了夜晚，躺在床上准备睡觉时，只需要能照亮手边或脚边的灯具便已足够。早上太阳升起后，从百叶窗缝隙照进来的阳光，也足以照亮整个房间。

因此我很果决地拆掉天花板上的灯具，结果跟我的想象一样，生活起来一点问题也没有，而且从百叶窗缝隙照进来的微光，比起人工灯具更能让身心放松。最后我们连客厅天花板的大灯也拆掉，改成几盏嵌入式灯具。

从这个经验中，我发现现代日式住宅“过于明亮的空间”，令我有些疲惫。

我家一点也不宽敞，从玄关到客厅却装了好几盏灯，其实无须这样灯火通明，便足以度日。或许是因为我在蒙古和柏林体验过当地非常简朴的生活，所以对此特别有感触吧。

日出而作，日落而息，我本来就刻意过着尽量仰赖日光的生活。不但自然省电，对环境好，也符合人类与生俱来的生理时钟。

书本形状的LED灯“Lumiosf”可以360度展开，还能挂在墙上。采用USB充电，室外也能使用。

虽然摆脱了天花板的灯具，有时也会想在晚上看书，因此便开始寻找能够照亮手边的阅读灯，那时找到的就是这款建筑师兼设计师设计的书本型阅读灯。不只造型好看，还能取代蜡烛，方便四处带着走，卧室以外的地方也能用，我非常仰赖它。

chapter 2-5

减少电视和网络资讯，保持五感敏锐

我是个在家工作的人，待在家里的时间很长，打造一个同时适合工作与生活的环境，对我来说非常重要。

客厅是“工作室”，也是“放松休息的地方”，还是“与家人朋友相聚用餐的空间”，考虑到这些用途之后，我决定不在客厅放电视。

可不是因为我讨厌电视，其实我还蛮享受看电视的乐趣。但是，我认为电视并非工作和用餐时的必需品，因此选择把家里的一个房间改成“电视间”。

这样听起来好像我家是豪宅，有很多个房间。其实不过是两个人加一只狗住的两室一厅，我只是把客厅、餐厅和卧室之外的另一个房间拿来当作电视间罢了。

电视同时播放影像与声音，持续提供有趣的信息。只要打开电视，视觉和听觉都会一起受到吸引，因此我觉得必须有意识地减少看电视的时间。

把空间区分开来，想看电视时，就必须走进电视间，这样反而可以专心享受电视的乐趣。客厅里用来取代电视妆点空间的，是色彩低调的绘画和写真集封面；如果想听点声音，就播放音乐。

没有电视的客厅。客厅同时也是工作室，把日常生活中的动与静区分开来。

这样的环境，对我来说刚刚好。

接收过多信息，会使得五感疲惫，敏锐度也会降低。电视或网络往往一投入便无法自拔，必须学会与它们适当地相处。

如果你的生活中，也有某些事物格外花时间或是容易沉迷，最好先想想怎样的接触频率才适合自己。

chapter 2-6

使用和知名旅馆一样的寝具，打造良好的睡眠环境

在我的生活中，重要程度可和“饮食”相提并论的，便是“睡眠”。从澡堂回来吃完晚餐，大概十点多，有时候甚至九点多就上床睡觉了。

卧室里不放置多余的照明，和京都俵屋旅馆同款的日式垫被，已用了十年以上。

垫被的软硬恰到好处，但是用久了，还是会逐渐变扁变硬到无法忽略的地步。不久之前，我利用不在家的期间，把垫被送去重新弹棉花。原本我对成效还有点半信半疑，等到垫被送回来后，厚度居然变成三倍多，又松又软，真是高兴到几乎要跳起来。

重新弹过棉花的垫被，睡起来真是太舒服了，每天早晨醒来时格外舒畅。

老实说，这款垫被价格不菲，当初是咬牙买下的。不过，一想到人生中有三分之一的时间，是在床上度过，便觉得是值得的投资。

在成为小说家之前，我的人生就像走在漫长的隧道当中。

我一直想当作家，但作品却不断被退稿，长时间活在遗憾的心情之中。当时我下定决心，“这是最后一次挑战了！”倾尽全力写下的作品便是《蜗牛食堂》，终于受到编辑的青睐。又花了大约两年的时间才出版这部作品，吸引了许多读者。

当时我深切地认为“我不需要大红大紫，只要能一直平静地写下去就好了”。

所以我和自己约好了，要照顾好身心，明天、后天、一年后，甚至是十年后，都要继续写下去。写作时稍微觉得疲倦，就往午睡用的床上一躺。“累了就休息”很重要。

日本企业逐渐容许工作时小睡片刻，也开始注意到为员工打造能放松的环境，这股风气今后若能持续普及就太好了。想要有出色的工作表现，好好休息也是必要条件之一。

去澡堂泡澡，晚上会比较好睡。但是冬天真的冷到难以入眠时，派上用场的就是樱桃籽枕头。

樱桃籽枕头是在我固定会去做脚部保养的沙龙买的。红色的厚布袋中装满了樱桃籽，只要用微波炉加热，就可以长时间保持一定的温度，我把它当成热水袋使用。枕头套里的种子会随着身体的起伏而移动，服贴身体，所以也能用来消除肩膀僵硬。

非常寒冷的夜晚，睡前半小时先把加热好的樱桃籽枕头放进垫被和盖被之间，棉被就会变得暖烘烘的，睡起来非常舒服。

工作桌旁的午睡区开了小窗，
方便通风和采光。

良好的睡眠，能让五感彻底休息，维系敏锐的感觉。为了感受到接触美好事物时的喜悦和想出新点子，我今后也会继续在“睡眠”方面下功夫！

冬天的宝贝“樱桃籽枕头”。比利时的工厂制作樱桃白兰地时剩下了大量的樱桃籽，听说职人们便把樱桃籽拿来填枕头。

chapter 2-7

不全盘接受人家说的『一流』，培养分辨良莠的眼光

所谓的“品位”，虽然有些是与生俱来的，但是我认为，绝大部分是随着经验累积培养而来的。

因此，我时时提醒自己要积极接触培养品位的体验。常常接触优质的事物，自然能培养出判断事物良莠的基准。

体验时，我会尽量选择大家说是“一流”的事物。

例如，柏林爱乐的演奏会、美食家介绍的寿司店。在红酒产地获得极佳好评的酒庄，就算有点远，我也不惜亲临现场一尝滋味。

用自己的双脚、眼睛、耳朵和舌头实际体验，十分重要。

然后，不完全听信人家说的一流，也很重要。

最近，我到一家据说是“改变了全世界料理潮流”的餐厅朝圣，老实说，是我无法理解的味道，因为主厨过于追求新奇的食材组合，反而忽略了最重要的美味。

然而，因为那家餐厅早被认定是“全世界最佳”，结果谁也不敢说“难吃”。观察四周食客的样子，我甚至感受到一种无法否定的恐怖。

另一方面，有时候也会遇到出乎意料的感动。譬如去柏林度假时，我顺道去了意大利，在博洛尼亚山间发现一家很棒的餐厅，好吃到让我连续去了两次，打从心底爱上浮在澄澈高汤上的小巧意大利饺，好想再吃一次。

用自己的五感接触一流的事物，确认其价值。一旦遇上了吸引自己感官的事物，便试着去分析它为什么能打动自己。今后，我还是想累积这样的经验，持续锻炼自己分辨事物的眼光。

在亚尔萨斯造访各家酒庄，
和酿酒专家见面。

位于博洛尼亚山间的餐厅。我去了两次，两次都点了这道汤饺。店内装潢朴素，据说食材都是店家自己栽种的。

第3章

简单丰富的蒙古、崇尚自由的柏林

在陌生土地生活的经验，深深改变了我的“对物”态度。我在蒙古见识到了游牧民族在严峻的自然环境中，怎么过“最低限度的生活”；在经历过东西分离的德国首都柏林，我体会到“相互尊重的自由”。每一次旅行，都提升了我对生活的敏锐度。

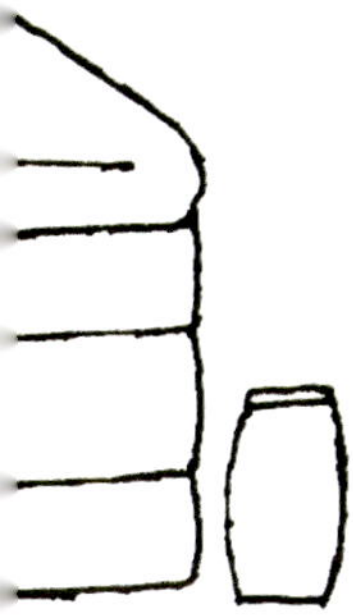

chapter 3-1

蒙古的游牧生活是最极致的简单

我第一次去蒙古是六年前的春天。那时《蜗牛食堂》热卖，正要改编成电影，生活中突然出现的各种变化，不知不觉累积成压力。

可能是太在意自己是否符合世人想象的作家样貌吧，心情非常焦躁不安。

就在这个时候，刚好有个游牧家庭的采访，让我终于可以体验以前就很感兴趣的蒙古包生活。这个短期住宿的经验，改变了我的人生观，成为我心中无法磨灭的记忆。因为我亲眼见识到在那种严苛的环境下培养出来的“终极极简生活”。

我们拜访的哈雅那夫妇，就住在半径三米的传统蒙古包中。由于一年之中必须配合牧草生长的状况不停迁徙，夫妇两人的行李也控制在最低限度。

尽管如此，做菜、睡觉和家人团聚，所有生活中需要的功能，蒙古包中一样也不缺少。室内的光线来自天窗，南侧小窗照进来的光影则取代了时钟，为每一天的生活提供了极有规律的节奏。

晚上睡觉时是床，白天则充作料理台，哈雅那太太一边切着砧板上的食材，一边巧妙控制炉火，很有效率地烹煮着餐点。一个中华炒锅，既能煮热水，又能快炒。仔细观察，便能看出油脂越是丰富的菜色，哈雅那太太越是留到后面做。彻底活用一种工具，完成不同家事的智慧已经深植生活之中。

游牧民族在严苛的自然环境下养殖家畜，必须随时保持一身轻便。尽管如此，我却在他们身上看到享受人生的从容。

虽然是极简的蒙古包，却一点也不马虎地挂着家人的照片，还有豪华的佛龛，既简朴又丰富的生活方式，让我深受感动，从中得到了许多勇气。

我也亲眼看见了在寒风中，宝贵的家畜冻死的残酷现实，因而体会到游牧民族的强悍。他们把这一切都当成是自然的一部分，不哀伤痛惜，继续过着淡泊平静的生活。

几个月后的夏天，我再次造访蒙古。这次在蒙古包里住了一个月，没想到留下了痛苦的回忆。不知道游牧民族和我的身体，究竟有什么不同，当地三餐都吃肉类和小麦，蔬菜匮乏，平常很难吃到。

因为不习惯三餐没有蔬菜，最后半个月我病倒了，皮肤变得黯淡粗糙，脸颊也凹陷了，又想家又想哭。有了这次的经验之后，打包长期旅行的行李时，我一定会记得带干燥的蔬菜或海带。

下定决心减少生活用品

近身观察了游牧民族不需要很多用品，也能生活，我在他们身上看到不会动摇的自信。

那是“无论身在何处都能活下去”的自信。只要有简单的生活用品和必要的食物，不管发生任何问题都能活下去。就是有这种信心，才能做个凡事都不会动摇的人。

这才是我想要的“生活能力”——找到这个生活目标之后，我的心情也变得正面积极。

体验过蒙古游牧民族的生活之后，我重新检视了自己的生活方式和挑选真正需要之物的方法，学习如何用更少的日常用品来生活，改变了我的“对物”方式。

当我发现自己通过对物方式，一点一滴磨炼自己的生活能力时，就觉得似乎更贴近游牧民族的生活，感到无比的喜悦。

chapter 3-2

柏林人彻底实践『好东西就要用得久』

我每年夏天都去柏林避暑，不单是因为我怕热。柏林的确比东京凉爽，然而更重要的是，我很喜欢当地人对物品与居住环境的价值观。

他们彻底实践“好东西就要用得久”的理念，无论是商店或住家，都只会摆放生活中真正需要的用品。习惯了日本不管走到哪都充斥着各种物质的生活，刚到柏林时，甚至还觉得有点寂寥。

德国不愧是自古以来就很讲究工艺技术的国家，每一样物品都非常坚固耐用。不论是购买一把菜刀，还是一枚袋子，每一个人的习惯都是只买质量好的东西，要是坏了便修理好后再继续使用。德国几乎不太生产用完即丢的东西。

我在柏林时，经常去一家当地的豆腐店买豆腐。那家店连装豆腐的塑料容器，材质都非常好，设计也很精美。不但可以用在其他用途，也能还给店家重复使用，长期使用的环保概念深植人心。想到每次吃豆腐时“不用扔掉”塑料盒，还能减轻心灵负担。

日本的生活推动消费者购物

我在柏林的超市购物时，从来没拿过塑料袋。每个人都会带

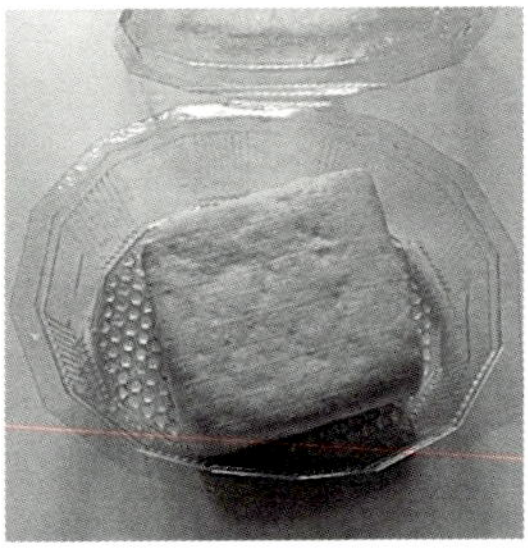

装豆腐的容器很耐用，自然会让人舍不得扔，而想回收再利用。

着自己的环保袋去购物，而且只买环保袋装得下的分量。

商店的陈列架上不会挤满商品，更不会不断推出新商品，让人看得眼花缭乱。需要的时候，购买常用的商品即可。只要过几天这种沉稳的生活，心情就会变得轻松许多。

当我注意到这种心情的变化时，也发现住在日本生活中的“消费”压力有多大。

光是走在街上，就会看到无数的新商品；不管是看电视，还是翻阅杂志，都充斥着新商品的信息。媒体教大家怎么过周末，往往也是推荐你去哪里、花什么钱。不知不觉间，我们都承受了社会上要求积极消费的压力。

在柏林时，我几乎不会感受到这种压力。社会大众的价值观甚至可说是以“不花钱来享受人生”为美德。心灵不再受到压迫，非常轻松。

洗碗精用完了，要去买新的时，选项和一年前差不多，只要在几种经典产品中挑选即可，不会出现那种只是推出新味道，让人不知该如何选择的产品。

到了周末，也不会追求积极消费，甚至连店家都关门不做生意。无论是卖家还是买家，到了星期天都休息，整个社会充满了

左：住在柏林的朋友为旧椅子加上
极有品位的补丁。
右：周末在市集买到的蔬菜和草莓。

星期天就该在家悠悠闲闲与家人共度的气氛。

需要购买食材时，就去市集，直接向农家购买。在市集寻找新鲜蔬菜，也是我的生活乐趣之一。

好东西要用得久的价值观，同时也体现在当地人对待住家的态度上。

柏林人不坚持要购买新房子[1]，而是修整传承下来的古老建筑，继续居住。看到大家把墙壁涂成自己喜欢的颜色，设计自家适用的特别格局，把老房子改造得很有自己的风格，过程令人感动。

我现在发现住家有什么小问题时，会选择修缮而不是搬家，也是受到柏林人“房子要住得久”的影响。

[1] 日本人的习惯是买房子一定要买新盖的连栋或公寓，买二手房是这几年才开始风行。——译者注

chapter 3-3

深受柏林人接纳不同生活方式的价值观吸引

全长一百五十五公里的柏林围墙，曾经阻隔了德国民众的自由。

一九八九年，把德国分成东西两边的柏林围墙倒塌，距今已经二十几年。当年二十岁的年轻人，现在是年近五十岁的中年人了，大部分的柏林市民都曾经亲身体验“不自由的时代”。

可能是历史因素使然，柏林的街头充满“彻底歌颂自由吧！”的气息。

正因为体验过生活有着诸多限制的时代，人人都抱有“自由不是随时唾手可得”的危机感。人们内心的不安使柏林的街道充满了对“自由”的依恋。

所谓的“自由”绝不是任性、爱做什么就做什么，而是订下互相尊重的规则。

认同对方的生活方式，意味着必须彻底遵守规定。所以当地人就连骑自行车也一定会确实遵守交通规则。如果行为太随便，就算是观光客他们也会毫不留情出言制止。

规定之外则一切自由，没有灰色地带的环境，生活起来很舒服。

街头上的人们从发型和穿着、度过一天的方式到生活形态，一切都不受束缚。无论男女老幼，残障疾病或是LGBT（非异性恋者），相互尊重彼此的生活方式，社会整体的氛围非常祥和。

与其说柏林人很有“对社会弱势群体伸出援手”的社会服务观念，不如说制度建立和都市规划的方向，都是以每一个人皆能自立生活为标准。每次来到柏林，我都能切身感受到何谓成熟的社会。

相较于对自由十分敏感的柏林，日本对于自由的敏感度可能就低多了。

不会在意“别人怎么看我”

日本人虽然给人规矩有礼的印象，实际接触柏林人的生活方式后，我开始觉得日本人其实非常欠缺“和其他人遵守相同规定”的公共意识。

由于规定的界线暧昧不清，个人自由的范围也因而陷入灰色地带。所以行动和其他人稍有不同时，便很容易担心别人的眼光。

六年前，因为制作航空公司的机内刊物而到柏林采访时，我便深受当地的生活吸引。自此以后，夏天多半在柏林度过。如同教会我利用最低限度的工具过活的蒙古游牧民族，柏林人也亲身示范了他们“保护自由与自立”的精神。

虽然“我是我，别人是别人”是理所当然的道理，一个不留

喜欢在公园无所事事、悠闲度日的柏林市民。

神却很容易忘记——柏林的街头深刻地提醒了我。

我们需要在意的，不是别人的眼光、不该放弃自己重要的事物。每去一趟柏林，我总觉得再次确立了生活的重心，心灵十分清明。

chapter 3-4

自己觉得好就好，从世俗认定的价值观中解脱

明明是啤酒屋，有些店家甚至设有儿童游戏场，悠闲的气氛比较接近咖啡厅。

大口呼吸，缓缓吐气。

对我来说，在柏林的生活就像深呼吸的“吸气”，或者是调整呼吸的行为。

写作是不断的“产出”，就像呼吸中的“吐气”。想要吐出好的空气，必须先吸进好的空气。随着年龄增长，我越发相信。

因此在柏林呼吸自由与自立的舒适空气，在我的生活中，是很重要的一环。

我会想写以女同性恋为主题的小说《七色彩虹》，也是在柏林时受到刺激。

同性恋在日本社会还是难以生存，在柏林却能自然地搂肩拥抱，亲密地牵手散步。正因为柏林对各种生活方式都很宽容，才让我有机会遇到各式各样的人。柏林是我写作题材的宝库！

只要自己觉得好就好，无须和别人比较

仔细想想，在养成定期去柏林避暑的习惯之前，我的生活方式或想法深受世俗认定的“应该 ××”的束缚。

明明没有人对我说“四十岁的成人应该如此”或是“工作就是这么一回事”，我却莫名地为自己戴上这些偏见的枷锁，结果

九十岁也不忘打扮的凯瑟琳，是我年纪最大的朋友，也是人生的大前辈。

只是让自己受苦。明明打算一个人静静地写小说，却和假想的人物比较，感到不安沮丧。

当我接触到柏林人的生活时，才知道“事情不应该是这样的。只要自己觉得好就好，无须和其他人比较”，紧绷的心灵才得以放松。

当我去看人气马戏团“Roncalli”的表演时非常惊讶，原来不只是儿童，就连成熟稳重的大人也会发挥童心，稍微打扮才来欣赏。此时我才发现自己心中存有“马戏表演是给小孩看的娱乐”的偏见。

当我去最有夏日风情的啤酒屋时，也因为啤酒屋里居然有许多小孩而惊讶。啤酒屋里装饰得非常热闹，宛如游乐园一般，欢迎所有人的开放气氛，让人心情随之放松。

走在街上的行人，打扮也很多彩多姿，就连老人家也会戴墨镜，身着设计独特、用色大胆的衣物。我看到戴着美丽帽子的贵妇背影，好几次都忍不住要跟上去了。

最重要的是自己觉得好不好。心情好了，对待他人时自然变得宽容。

我最感动的是在餐厅看到的一家人，他们养的狗也乖乖坐在椅子上，和大家一起围着餐桌。相信那只狗应该受过训练，才能在公共场合守规矩。它在乖乖等待主人吃完饭，俨然已融入这一家人当中。

换句话说，德国社会认为宠物也是“家人”，需要被尊重。饲主则必须遵守规定，负起好好训练宠物的责任。我非常憧憬柏林这种尊重个人幸福的同时，也重视公共意识的社会环境。习惯了日本“可带宠物”却还是规矩繁多的环境，柏林又再度打破我脑中僵化的偏见。我沉浸在打破偏见后的解放感中，梦想着我家的百合根要是有一天也能这样的话，该有多好……

柏林总是打破我不知不觉在心中累积的“应该这么做”和“已经决定好了，也没办法”的想法，所以我总是戒不掉去柏林旅行。

德国做到宠物收容所零安乐死。
养狗的人必须付狗税。对宠物负
起责任，是理所当然的观念。

chapter 3-5

一边旅行一边满足生活所需的极简行李

我们常租的公寓位于四楼，在阳台上享用晚餐的白葡萄酒与马铃薯炖肉，最后用包着盐昆布的饭团画下句点。

对我来说，旅行的目的，就是要体验当地特有的生活。

所以重点不是四处观光或是参加节庆等非日常活动，而是尽可能像当地人一样生活。旅行时，用生活般的心情感受到的异地氛围，总是跟日本有着鲜明的差异，从中可以获得许多新发现。

既然是如同生活般的旅行，我带的行李也像是日常生活的延伸。精心挑选，尽可能维持与平常生活一样的舒适。

我特别重视“饮食”。在同一个城市停留三天以上，我就会入住附厨房的公寓，每天煮一餐。这种时候，最容易派上用场的，就是能重现日本餐桌的干货。人在国外时，光是喝一口热水冲泡的高汤包，都能好好放松心情。

旅行时，营造良好的睡眠环境也很重要。寝具不合便睡不好，所以我总会带着一条羊绒的毛毯。只要有一条熟悉的好毛毯，在国外也能安心。

行李的重量，随着旅行次数的增加而减少。一个月左右的旅行，只要准备十件衣服就够了。挑选“只要带上就没问题”的用品时，便会发现生活中真正需要的事物，其实很少。

我希望自己能成为有自信“只要一只皮箱，在哪里都能生活”的人。

旅行时的用餐伙伴

小瓶酱油

＊＊＊ 我在平常买酱油的鸟居酱油店买的携带型酱油。旅途中遇上新的食材，便淋上一点酱油来品尝。可爱的袋子也很讨喜。

菜刀和筷子

＊＊＊ 我不习惯餐餐都用刀叉吃饭，因此旅行时一定会带着平常用的筷子。煮菜时也是用平常用惯的菜刀，比较顺手。

带上飞机的旅伴

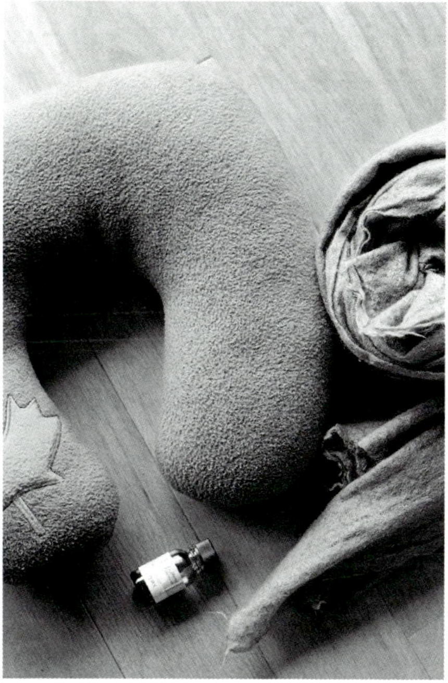

健康用品
* * * 长途飞行时，必须注意身体健康。精油与布制口罩可预防喉咙干燥，羊绒披肩预防感冒。睡觉时使用软硬适中的颈枕。

iPad
* * * 想趁着旅行时慢慢看的书，都买电子书，最大的好处是不用担心重量，可以随心所欲地阅读。

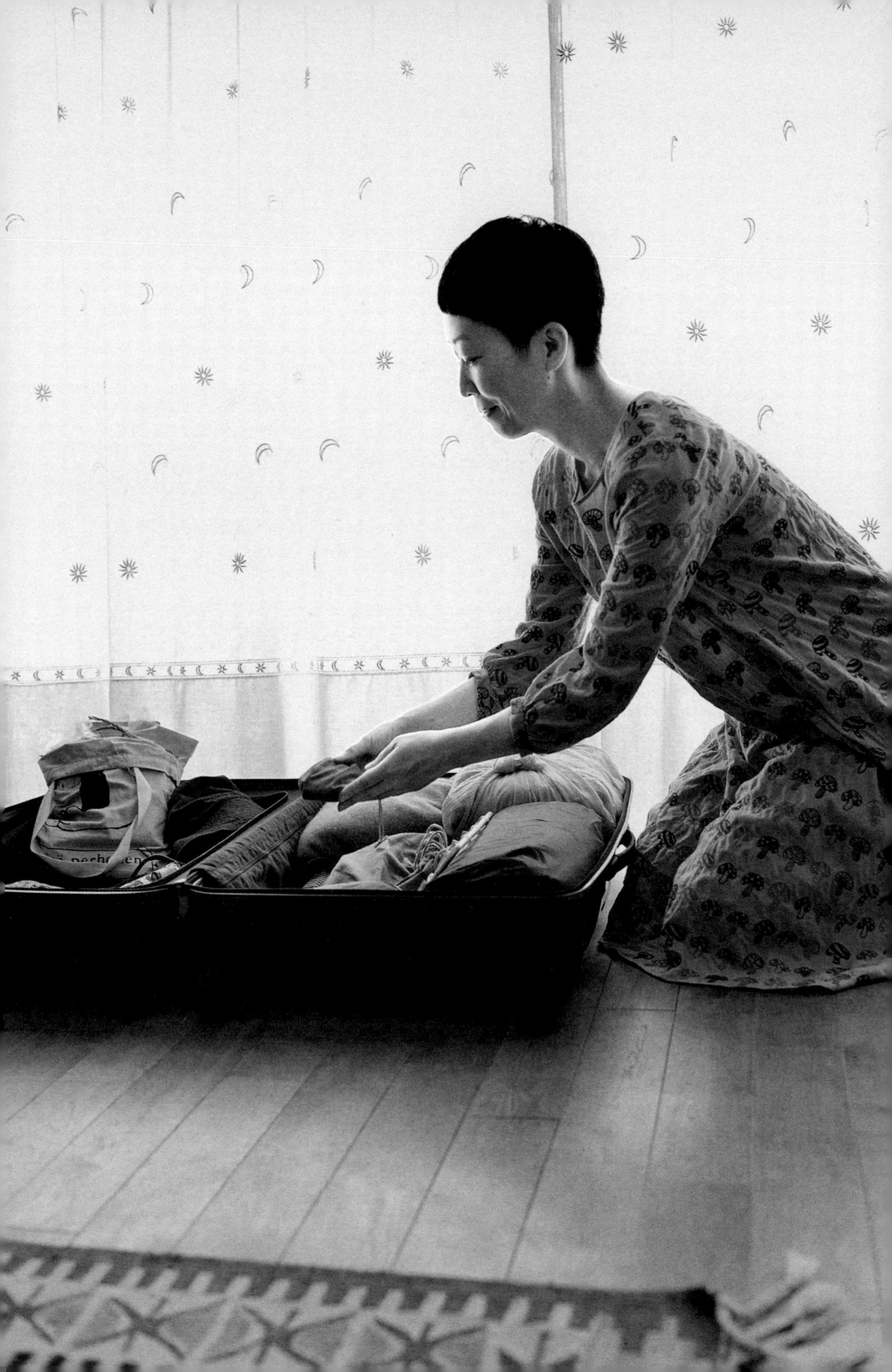

行李箱中的 A~H 请详见下页。
每次旅行总会再次体会到，人生的必需品其实很少。

行李只有这么一点。

A

衣物 ＊＊＊ 住在公寓可以洗衣服，所以不需要带太多衣物。我会带薄的长袖衬衫、羊绒材质的薄毛衣和针织外套、伊势棉宽裤和御寒用的羽绒衣。这样还是觉得冷的话，就采用洋葱式穿法。

B

羊绒毛毯 ＊＊＊ 能让我陷入沉睡的羊绒毛毯，又轻又薄，容易折叠，便于旅行时携带。在温和不刺激肌肤的寝具包围下，旅行的疲惫也一扫而空。

C

瑜伽垫 ＊＊＊ 我把露营垫当作瑜伽垫使用。不只做瑜伽时能派上用场，要是下榻处的床垫睡不惯，还能当成日式垫被铺在地上使用。

D

晾衣夹 ＊＊＊ 方便在室内晾衣服的晾衣夹是日本的优秀发明，住旅馆的时候特别重要。日式包巾用来整理待洗的衣物很方便。

E

鞋子

平常出行和搭飞机时穿的是勃肯的凉鞋。行李箱里还会放可以当作室内鞋的海滩凉鞋和可以穿去听音乐会的平底鞋。有鞋拔会更方便。

F

隔绝紫外线套装

我很怕强烈的阳光，一定得做好防晒。除了必备的防晒乳之外，还会携带折叠式太阳眼镜、宽帽檐的帽子和一把晴雨两用伞。

G

小型斜背包 钱包和钥匙包

人在国外，当然也希望能维持一身轻便，外出时只靠这个小型斜背包。钱包和钥匙包也都是朴实不花哨的款式。

H

干货

我会携带许多干货，好在旅途中也能享用日常的口味，例如莲藕和牛蒡等蔬菜干、羊栖菜、萝卜干、用热水冲泡的海带汤、咖喱粉、高汤包和茶等等。吃煎饼有吃米的感觉，能舒缓情绪。

第4章

只要有喜欢的“人、事、物”就够了

围绕在身边的，不只是“物质”，还有源源不绝的“事”与“人”。不想迷失自我，维持轻松的心情，歌咏人生，最好停下脚步，思考“对事”与“对人”的方式。

chapter 4-1

没有手机，人才会变得小心、强大

“我没有手机。”听到我这么说，几乎所有人都会露出惊讶的神色，甚至有人愣愣地盯着我，不知该说什么。

由此可知，在现代社会手机有多么理所当然，多么深入人们的生活。

其实我二十几岁任职制作公司时，曾经办过手机。当时手机才刚刚上市，又大又重！ 手机的重量和“去哪里都找得到我”的束缚，令我十分痛苦。

当时，因为工作需要而忍耐了一阵子，但没多久就告别手机了。

自从生活重心转变为写小说之后，只要有座机、电子邮件和传真机，就能应付所有的联络。

我几乎都待在家里，因此这三种联络方式已经绰绰有余。

不是很急迫的事情，可以用电子邮件跟我联络；紧急的时候，可以打座机。而我出门，通常都是为了办事，或是趁一个人散步时思索，所以根本不需要电话之类的联络工具。

如果临时必须与人联络，我会去找公共电话，或向店家借电话。与人相约见面前，会先确认好对方的联络方式，真的遇不到时，再打公共电话联络。

今天与来家里玩的朋友共进午餐，菜色是加了水芹和嫩笋的咖喱。面对面聊天，心灵更加充实。

虽然我花了这么多篇幅，特地说明自己没有手机如何过活，但其实在不久之前，这是人们非常普遍的生活方式。自从手机突然之间普及起来后，我们的生活形态就在不知不觉中彻底改变了。

其实这件事情最可怕的，就是“在不知不觉中”。

生活方式和态度等等，原本应该是自己选择，自己决定的。我不希望自己的决定受到时代潮流，或是“大家都这么做”之类的理由左右。

“随时随地都联络得到”所带来的安心感，另一方面会造成“轻慢”的习惯。

不带手机出门，便无法随时查询地图，也无法轻易联络对方说“我会晚点到”。失去了便利性，人自然会变得小心，因此出门前一定会先查好数据，也会早点出门以免迟到。

这种心态一定能让人变得强大，无论在何种环境都能生存下去，所以我希望自己能保有这种态度。

除此之外，我积极和手机保持距离的另一个原因，则是手机带来太多信息。现在的手机，与其说是电话，更像是信息的宝库。街头经常出现一边走路，一边盯着手机，看到出神的路人。

出门光看手机，而忘了抬头看看美丽的晴空或当季盛开的花朵，实在可惜。放下手中的小小屏幕，也许就能有美好的邂逅。

我下定决心刻意与信息保持距离。为了尽情享受亲眼观赏真实世界的乐趣，今后我也会持续没有手机的生活。

chapter 4-2

人际关系不贪心，珍惜『范围窄，交情深』的朋友

家里永远备有信纸和问候卡等书信用品，绝不短缺。

我喜欢玻璃笔在纸上顺畅地滑动，写下文字的触感。

今天写了一封信给好久没联络的朋友，大概两天后会寄到吧？ 到时候再打通电话给对方。

这是个可以通过网络一口气发信息给很多人，也能瞬间获得许多“赞”的时代，但我却非常享受这种古老的联络方式。

我喜欢写信，是因为可以把“花时间传达心情”这项礼物送给我珍视的人。写信时不断想起对方的种种，写完信后，与对方的关系可以变得更加深厚。

我也很重视直接和对方见面。比起往返一百封电子邮件，见一次面聊个三十分钟，能更直接从表情、声调和动作中，了解对方的状况。实际见面和对话，也是建构人际关系时极为重要的一环。

原本我的朋友就不多。朋友本来就不是越多越好，只要能跟想交往一辈子的人建立起关系就够了。

虽然朋友数量不多，和每个人都认识很久，交情很深。虽然双方都很忙碌，有些朋友一年只能见一次面，心中还是不时挂念着彼此。

我不是很机灵的人，没办法一一照顾好“范围广，交情浅”的人际关系。朋友少一点，才注意得到每个人的情况，在紧急时

INCHIOSTRO
STILOGRAFICO
SEPPIA

刻也才能互相帮忙。每当想到这一点，我便决定，在人际关系上不要贪心。

回忆起童年，小时候我总觉得大人常说的“要和大家做好朋友噢”这句话很别扭，如果能把这句话改成“不需要和所有人都做好朋友，只要好好重视相互了解的朋友就好”，有些孩子应该可以活得比较轻松吧?

朋友不见得一定要找跟自己相像的类型。丈夫很爱说话和购物，总是乱买东西惹我生气，但是他也是与我心灵相通的重要朋友之一。

交情深的朋友，是不分年龄性别，可以一起度过有意义时间的人；是在对方面前不需要矫饰，能接受彼此真实面貌的人。

有时候，对于亲密的朋友，我也会提出严苛的意见。比起认同对方，否定对方需要花费更多力气。既然对方是重要的朋友，所以我愿意说出口。

人际关系中“时机”也很重要。不先仔细观察对方的状况，就抓不到时机。想找到正确的时机，必须面对对方，加深彼此的关系。

我的人际关系原则，就是用心对待为数不多的朋友。

chapter 4-3

我有我的任务，其他事情就交给专家

谈到“待事”，我想聊聊我在工作上会注意哪些事。

我的工作是写故事，写完之后把故事集结成“书”。完成一本书，需要许多人的协助。

与我一起规划全书概念的编辑，是伴我完成故事的陪跑人。故事写好之后，由装帧师根据文章内容，帮我设计书本的外貌。

据说有些作家会全程参与整本书的制作，包括要采用怎样的插画、营造哪一种氛围。而我则是习惯一切都交给专家。

因为我相信，把我写好的故事交给专家们，凭着他们对书的印象自由发挥，一定能做出更好的作品。至今出版的书籍当中，我也的确因为装帧完成的作品“居然这么美！”而感动过好几次。

就像制作生活用品的职人们，都在自己的专业领域中发挥能力一样，完成一本书也需要好几位专家协助。

“委托”和“仰赖”，相信专业的力量，才能看见光靠自己的力量无法抵达的世界。

我的判断基准，就是把注意力集中放在我被赋予的任务上，以及只有我能做到的事物上。

即使同样都是写作，有时候也会同时接到好几个写作的约

尽管出版的时期、主题和出版社
都不同，像这样把书排在一起，
大家都说“很有我的风格”。

稿。这时我的判断基准仍是:“我能做什么? 我该做什么?”坚决拒绝那些其他作者肯定能做得比我更好的约稿。

因为，我想真心诚意面对每一份工作，所以不随便接受委托，这样做对约稿人与我自己，都是最有诚意的决定。现在的我，该做什么? 什么事情又该委托别人? 我总是仔细地评估过后才会决定是否接受工作。

chapter 4-4

『对人』『对事』都以自己的节奏为优先

为了“对人”与“对事”时能顺利无碍，我一直都很重视自己的生活节奏。

这个世界运转的速度太快，一不小心就会被迫接触太多人和事。如果不妥善设定好规范，便无法把精力和时间好好地用在自己的目标上。

至于该怎么做，才能保持自己的生活节奏呢？我想了又想，决定要设定明确的规则——每星期只安排一次工作的会面，时间定在星期五下午。

我虽然喜欢与人面对面交流，但是持续不停地接受采访和开会，总会疲倦。要是完全不设限，有空就和人见面，一定会影响到创作。

所以果决地定下一星期一次的规则。

平日从星期一上午到星期五中午的时间，埋头写作，通常严肃紧绷到不适合与人见面。

这样的时间结束，来到星期五的下午时光，便将脑袋切换为“休假模式”。这时候的心情就很像在度周末，能够比较从容地跟人对话。自从定立这个规则后，便能以更稳定的心态面对工作。

上班族恐怕无法跟我采用一样的做法，但是不妨定立一些自

2015

二〇一五年的记事本。内页是跨页设计，一眼就能浏览一个月份的预定。每年我都使用这种格式的记事本。

己做得到的规则："每周五下午三点之后，不要事先安排任何行程"或"午休期间绝不看信息"等。

最重要的是，能否有意识地维护自己的节奏。只要有意识，心情就会平静许多。

当我跟其他人说起"一星期只见人一次"的规则时，曾经有人问我："几乎不见人，不会不安吗？"

我从来不会因此而感到不安，因为我相信，这是最适合我的频率。

因为长时间独处而感到不安，也许是担心"不常和人见面，外人会怎么想呢？"每次做决定时，提醒自己"最重要的不是他人的评价，而是自己是否满足"，便不会动摇。我想这就是所谓的"知足"吧！

至于"对事"的节奏，除了以一周为单位外，我也会以一个月或数个月为期，统观所有预定，调整日程。

知道这一周要截稿了，需要高度集中精力，下一个星期就不会安排重要的约会，以便在忙碌之余能够好好休息，维持平衡。

人生要细水长流，而非不断冲刺，忙得气喘吁吁。我相信尽量确保能长久持续下去的生活方式，才是完成好作品的基础。

chapter 4-5

相信直觉，喜欢与否自己决定！

重新检视和我的生活、人生相关的所有人、事、物，我最坚持的究竟是什么？我发现关键就是“我喜不喜欢”。

所谓的“我喜欢”“我不喜欢”，也可以替换成“我觉得舒服”“我觉得不舒服”。

听起来是很简单基本的情绪，然而只靠“喜欢”与否来做决定，其实要很有勇气，才能全然相信自己的感觉。

我发现自己想要“在喜欢的人、事、物包围下生活”，所以把精力都放在这件事上，才得以过着更贴近自我、更舒适愉快的生活。

关键就是坦白面对自己的情绪，打从心底坦白面对。

好恶、舒服与否，是主观的判断，每个人的标准不尽相同。重点在于不以他人的意见和社会的排行为基准，而是经常注意自己究竟怎么想。

通过对人、对事与对物，体验“重视自己”的感受，心灵便能从中获得满足。

通过人、事、物来追求自己的喜好，做到重视自己是非常重要的。

无论是谁，任何时候，都能试着坚持自己的喜好。单是开始坚持自己的喜好，生活便能出现极大的变化。

直到现在，我也还在追求自己的喜好，想象十年后、二十年后，在更加精心挑选的用品围绕之下，过着更舒适的生活，就越来越期待年龄增长了。

我在自家附近的景观公司经营的循环型农园“吉实园”购买鸡蛋和蔬菜，任何事物必定亲自接触后再决定。

自宅に少し 卵あります．
お声をおかけ下さい。

后记

我成为小说家已经七年，现在的生活以写作为中心。

作家也有很多种，我的写作方式比较像是生活的延伸，或者说是生活与作品紧密结合。我的作品来自日常生活，所以必须用心度过每一天。

刚出道时，常会勉强自己全力冲刺，于是在抵达终点的瞬间便耗尽力气。但是这种写作方式就算写出了一部作品，通常要休息很久才写得出下一部作品。

为了持续写下去，我开始认真思考该怎么做才好，结论是不要勉强自己。

理想的写作方式是默默地以自己的速度，如同走路般迈向终点，最后以笑容画下句点。第二天又淡淡地开始执笔下一部作品。

我的体力并不充沛，必须随时注意自己的身体情况，一边保持体力一边写作。要做到这点，那么就不能让疲劳累积到第二天。如果无法在当天之内消除疲劳，则一定会要求自己，在周末通过按摩等方式解决。

我发现要集中精神在写作上，就必须花同样的精神放松。学不会放松，真正需要爆发力时便无法发挥。这就跟想要用力吐气，必须先彻底吸气一样。

我经常想扩大生活中劳逸的差异：该玩的时候就认真玩，该工作时便认真工作。因为我发现想要顺利写出好作品，越要注意生活的紧凑与放松。

我想这个道理应该适用于所有职业，因此周末时间也用来工作，或是加班到深夜，都不是值得嘉奖的行为。

白天与夜晚，平日与周末，工作与度假，如何取得两者之间的平衡，如何让生活有紧凑有放松，绝对是让生活更为美好的重要课题。

生活在日本，很容易产生“买了什么东西就能获得幸福”——换句话说，就是“花钱可以买到幸福”的错觉，所以很多人工作的目的是赚钱。但是只要有心下功夫，不花钱也能获得幸福。

虽然是很基本的道理，但是大家很容易忘记，工作的目的是获得幸福，而非成为金钱的奴隶。

远离平日生活的东京，前往蒙古和柏林等地，大幅改变了我的价值观。在蒙古时，发现只要有心，我也能过游牧生活。在柏林时，体验到不用花钱，也能过得幸福快乐。

蒙古和柏林教会我，摆脱“非得 ×× 才能……”的偏见，彻底解放自己。

不需要在意他人的眼光，重要的是自己想怎么过日子。人要有自己的幸福准则。极端一点说，人，只要自己感到幸福就好。

这本书是每个月一次，邀请编辑吴小姐和写手宫本小姐来我家做客，三人谈天说笑之下所诞生的作品。我们固定都是星期五下午见面，一边喝茶，一边坦白地说出我的想法和感觉，最后由

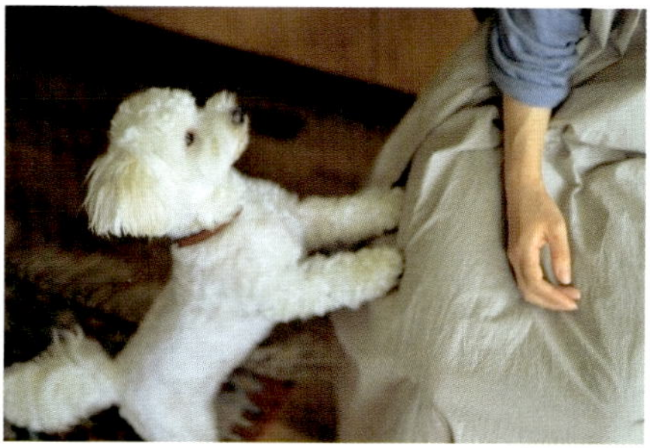

宫本小姐汇整成文稿。

虽然我也可以选择自己表达，这次却刻意委托他人执笔。因为自己动笔，观点会变得狭隘。我觉得“普通”或是“理所当然”的事，在他人眼中或许很多地方异于常人。

这本书与小说毫不相干，我对公开私生活也不是完全不在意。但是最后我还是决定“就这样吧！”

我明白自己还有许多不足的地方，然而如果我的生活方式有一丝丝值得读者参考的地方，也就不枉出版这本书了。

要是读者能从这本书中，找到活得更愉快更轻松的灵感，那就更好了。

过了四十岁，我开始意识到人生所剩无几。既然人生苦短，不如彻底享受舒适幸福的生活吧！

二〇一五年十月　小川糸